KB183127

네가 좋은
사람이라는 걸
알아

네가 좋은 사람이라는 걸 알아

김토끼 에세이

_____에게

당신의

모든 선택을 응원해요

PART 1

좋은 삶을 살고 싶은 너에게

PART 2

좋은 관계를 맺고 싶은 너에게

PART 3
좋은 사람이 되고 싶은 너에게

그거 알아요?

당신은 참 착하고

여리고 다정한 사람이라는 거.

모두가 그걸 아는데

당신만 그걸 모르고 있다는 거.

PART 01

좋은 삶을
살고 싶은
너에게

수고했어요, 오늘도

한참 질풍노도의 시기를 겪을 때는
'힘내.' '괜찮아질 거야.' '넌 할 수 있어.'와 같은 말을
별로 좋아하지 않았다.

나는 지금도 충분히 힘을 내고 있는데
여기서 또 얼마나 더 힘을 내라는 건지.
지금 이 순간이 못 견디겠다는 건데
어느 세월에 괜찮아질 거라는 건지.
아무것도 하고 싶지 않은데
대체 무엇을 할 수 있다는 건지.

착하고 다정하기만 할 뿐 실질적인 도움은 되지 못하는
그런 말은 차라리 하지 않는 편이 낫다고 생각했다.

그러던 어느 날

퇴근을 하고 귀가하던 중

버스 광고판에 적힌 글을 보고 눈물을 훔쳤다.

'수고했어요, 오늘도.'

힘들고 지친 하루의 끝에 우연히 보게 된

한 줄의 글이 위로가 되는 순간이 있다.

누구나 할 수 있는 말이지만

아무도 해주지 않는 말 한마디가

때로 우리의 마음을 울리기도 한다.

요즘은 다들 힘들다고들 한다.

그래서 '힘내'라는 말을 하기가 조심스럽다.

그조차 상대에게 부담이 될까 봐.

맞다. 힘을 잃어버린 상황에서 하는 힘내라는 말은

무거운 짐이 될 뿐이다.

그렇지만 그 무거운 짐을 덜어 줄 수 있는 것

또한 타인의 위로이다.

그리고 그 위로라는 것은

누군가의 따뜻한 말 한마디에서부터 시작된다.

만약 당신이 정말 힘들고 괴로운 순간에

힘내라는 말 한마디 해주는 사람이 없다면

인생이 얼마나 삭막하고 외로울까.

당신이 힘든 순간에 누군가의 위로가 큰 힘이 되듯

누군가도 당신의 위로를 통해

다시 일어날 수 있는 힘을 얻는다.

불안하고 위태로운 우리는

그렇게 서로가 서로에게 의지하며 살아가곤 한다.

힘내라는 말은 근본적인 해결책은 되지 못한다.

하지만 불행의 한가운데 있는 누군가를 위로할 수는 있다.

그래서 지금 이 순간에도 나는 나를

그리고 당신을

우리 모두의 삶을

조심스럽게 위로해 주고 싶다.

"수고했어요 오늘도."

오늘의 일기

속상한 일이 있을 때마다 일기를 썼다.

회사 일이 잘 안 풀릴 때

친한 친구와 다퉜을 때

연인이 서운하게 할 때

누구에게도 말하지 못할 답답하고 괴로운 일이 생겼을 때

그럴 때마다 일기를 쓰곤 했다.

힘들고 지친 마음을 일기에 쓰다 보면

기분이 좀 나아지는 것 같았다.

그러다 한 번은 아무 생각 없이

그동안 써온 일기를 다시 본 적이 있다.

호기심에 펼친 지난 일기에는

시간이 많이 흘러 지금은 잊고 지내던 불행한 일들까지

세세하게 기록되어 있었고

힘들다, 괴롭다, 속상하다는 글이 도배가 되다시피

일기장을 가득 채우고 있었다.

내 인생이 이렇게 불행하기만 했나?

회의를 느끼면서 일기장을 덮었다.

더 이상 지난 불행을 되새기고 싶지 않았다.

그래서 나는 그때부터 좋은 일이 있을 때도

일기를 쓰기 시작했다.

커피 맛이 좋은 아늑한 카페를 발견했을 때

정류장에 도착하자마자 내가 타려고 한 버스가 왔을 때

키우던 화분에 꽃이 예쁘게 피었을 때

조금이라도 좋은 일이 있을 때는

그날 있었던 일과 내 기분을 솔직하게 일기에 기록해 두었다.

그리고 그렇게 일기를 쓰면서 알게 되었다.

나에게는 힘들고 속상할 날보다 기쁘고 즐거운 날이 더 많았고

이따금 불행할 때도 있지만

그보다 행복한 날이 더 많았다는 것을.

또 내 주변에는 나를 싫어하고 미워하는 사람보다

나를 좋아하고 사랑하는 사람이 더 많다는 것을.

사람은 행복한 삶을 살고 싶어 하면서도

정작 자신이 가진 행복보다

자신의 불행을 더 많이 들여다보면서 살아가곤 한다.

불행을 파고들수록 행복에서 점점 더 멀어져간다는 것을 모른 채.

행복하고 싶다면 행복한 일들을 더 많이 떠올리고

예쁘고 좋은 추억들을 더 많이 기록해 두자.

그러면 알게 된다.

우리의 삶은 불행보다 행복에 더 가까이 있다는 것을.

고맙습니다

악몽을 꿨다.

사각형의 작은 방에 나는 홀로 갇혀 있었다.

문을 아무리 세게 두드려도 밖에서는 아무런 기척이 없었다.

방은 춥고 어두웠다.

체온은 점점 떨어졌고 호흡은 점점 가빠졌다.

나는 서서히 죽어가고 있는 것 같았다.

그렇게 점점 숨이 끊어지던 순간 꿈에서 깼다.

꿈에서 깨어 가장 먼저 든 생각은

이 모든 게 꿈이어서 다행이라는 것과

내 옆에 있는 소중한 사람들에 대한 고마움이었다.

죽어가던 순간에도 죽음의 공포보다

나를 더 두렵게 했던 건

내 옆에 아무도 없다는 사실이었다.

너무 당연해서 잠시 잊고 있었다.

오랜 시간 변함없이 그 자리에 있어 주어서,

따뜻하게 내 손을 잡아 주어서,

지금 이 순간이 꿈이 아니어서,

참 다행이다.

고맙다, 내 소중한 사람아.

따뜻한 사람

초등학교 동창 중에 진짜 착한 친구가 한 명 있다.

마주 오던 사람이 어깨를 치고 지나가도
"사정이 있겠지."하며 넘기고
주문한 것과 다른 음식이 배달되어도
"얼마나 바쁘겠어."하며 넘기는
어떤 상황에서도 화를 내지 않는 그런 친구.

언젠가 그 친구와 함께 영화를 보러 갔는데
엘리베이터가 고장 나 9층까지
계단으로 올라가야 했던 적이 있었다.
한여름이라 날씨도 덥고 사람도 많아서
주변에 있던 모두가 짜증을 내면서 계단을 오르고 있었는데
친구는 그 상황에서도 인상 한 번 찌푸리지 않고

9층까지 묵묵히 계단을 올랐다.

어떻게 저럴 수가 있지.

쟤는 정말 아무렇지 않은 걸까.

화가 나지 않는 건지 아니면 화를 참는 중인 건지.

궁금해서 친구에게 물었다.

너는 짜증도 안 나냐고.

내 물음에 친구는 의아한 듯한 표정을 지었다.

"좀 힘들긴 한데. 이게 짜증 낼 일은 아니지 않아?"

아니긴 뭐가 아니야.

힘든 건 힘든 거고 짜증나는 건 짜증나는 거지.

하고 싶은 말이 목 끝까지 차올랐지만

나만 이상한 사람이 될 것 같아

대충 고개만 끄덕이고는 그 상황을 넘겼다.

하지만 그때는 이해할 수 없었던 친구의 말을

지금은 어렴풋이 알 것도 같다.

두 개의 그릇에 같은 양의 물을 부었을 때

작은 그릇에는 물이 금방 흘러넘치지만

큰 그릇에는 그보다 더 많은 양의 물을 담아낼 수 있다.

사람의 마음도 마찬가지다.

우리 마음속에는 저마다 다른 크기의 그릇이 있다.

똑같은 상황에서도 누구에게는 화가 나는 일이

누구에게는 별일이 아니게 되는 것은

각자 그릇의 크기가 다르기 때문인지도 모른다.

나는 지금부터라도 내 마음속 그릇의 크기를

조금 더 키워보려고 한다.

사소한 일에 일일이 화를 내고 짜증을 내기보다는

"그래, 너도 사정이 있겠지." 하고 너그러운 마음으로

이해하고 넘어가는 연습을 해봐야겠다.

모래처럼 팍팍한 이 세상,

나라도 누군가에게는 따뜻한 사람이 되어줘야지.

마음껏 후회하기

나는 후회를 많이 하는 사람이다.

그때 조금만 더 열심히 했다면.

그때 실패하지 않았다면.

그때 다른 선택을 했다면.

그때 헤어지지 않았다면.

지난 일을 생각하다가 창피함에 이불을 펑펑 걷어찰 때도 있고

과거의 선택을 후회하며 밥을 먹다가도 한숨을 내쉴 때가 있다.

뒤늦게 그런 생각을 해봤자

아무것도 달라질 게 없다는 걸 알면서도.

하지만 이게 꼭 나쁜 것만은 아니라는 생각을 한다.

그때 열심히 하지 않았던 걸 후회하기에
매 순간 최선을 다해야 한다는 깨달음을 얻을 수 있었고
그때 실패했기에 새로운 도전을 할 수 있었다.
그리고 그때 잘못된 선택을 했기 때문에
선택의 순간이 올 때 더 신중할 수 있게 되었고
그때 헤어졌기 때문에 나는 더 성숙해질 수 있었다.

사람은 누구나 후회를 한다.
후회하지 말자 다짐하지만
그런 순간까지도 결국은 후회인 것이다.

너무 애쓰지 말자.

후회의 순간이 오면 후회하고 생각나면 생각하고

그리우면 그리워하고 그러다 잊히면 잊어버리고

순리대로 살자.

그 모든 순간들이 모여서

지금 현재 더 나은 삶을 살게 하는 밑거름이 되는 거니까.

넘어지면서 깨닫게 된 것

출근길 버스를 타려고 뛰다가
보도블록에 발이 걸려 넘어졌다.

버스는 놓쳤고 무릎은 깨져서 피가 났고
사람들의 이목은 나에게 집중돼 있었다.
아프고 창피하고 짜증 나고 정말 울고 싶은 기분이었다.
제발 이 순간이 빨리 지나기만을 바랐다.

그렇게 15분이 지났다.

내가 타야 할 버스가 왔고 무릎의 피는 멈췄고
사람들은 더 이상 내 쪽을 바라보지 않았다.
아프지도 않았고 창피함도 사라졌고
아무 일도 없었던 듯 나는 다시 괜찮아졌다.

이 일을 계기로 깨닫게 된 것이 세 가지 있다.

인생을 살면서 아프고 창피하고 짜증나고

울고 싶은 순간이 한꺼번에 나를 찾아올 수도 있다는 것.

그로 인해 내가 무척 힘들어질 거라는 것.

하지만 시간이 지나면 그 모든 것들이 다 괜찮아질 거라는 것.

다른 길

학원 가는 길에 우연히 같은 반 친구를 만났다.

대화를 나누며 같이 걷던 중 갈림길이 나왔는데

친구가 지름길을 놔두고 멀리 돌아서 가는 길을 가겠다고 했다.

"난 이쪽으로 갈게. 이따 보자."

"왜? 그쪽으로 가면 멀잖아."

아니면 나랑 같이 가는 게 불편한가?

조심스럽게 물었다.

그러자 친구는 대수롭지 않은 듯 말했다.

"좀 멀긴 해도 이쪽으로 가면 공원이 있거든."

"근데?"

"공원에 꽃이 예쁘게 피었어."

음, 그렇구나. 솔직히 그 말을 듣고도 별 감흥이 없었다.

하지만 여기까지 같이 와서 따로 가기도 좀 그래서

친구를 따라 함께 가기로 했다. 먼 길을 돌아서.

친구의 말대로 공원에는 예쁜 꽃이 피어 있었다.

친구가 왜 지름길을 놔두고 먼 길을 돌아서 가려는지

조금은 이해할 수도 있을 것 같았다.

어쩐지 기분이 묘했다.

은연중에 이쪽으로 가는 건

시간을 낭비하는 거라고 생각했는데.

.

그날 이후 나는 조금 바뀌었다.

여전히 지름길을 더 많이 이용하긴 하지만

아주 가끔 시간이 남을 땐 일부러 먼 길을 돌아서 가곤 한다.

그 길에는 지름길에서는 볼 수 없는

아름다운 풍경들이 있으니까.

좋은 삶을 살기 위한 첫걸음

입사한 지 얼마 되지 않았을 때의 일이다.

신입사원 환영회 겸 TV에도 종종 나오는

유명한 식당에 가서 밥을 먹었던 적이 있다.

신기한 마음에 사진을 몇 장 찍어서

친구들이 있는 단톡방에 올렸다.

친구들이 부러워하며 음식 맛이 어떠냐고 묻기에

대충 맛있었다고 답을 보냈다.

하지만 사실은 음식이 맛있었는지 아닌지

기억도 잘 나지 않았다.

너무 긴장한 탓에 음식이 코로 들어가는지

입으로 들어가는지도 몰랐기 때문이다.

좋은 식사란 음식의 맛도 중요하지만

먹는 사람의 심리상태에 따라서도 크게 영향을 받는다.

이 자리가 어떤 자리인지

왜 여기서 식사를 하게 되었는지

같이 먹을 사람은 누구인지

그로 인한 현재 나의 심리상태는 어떤지.

아무리 비싸고 맛있는 음식이 앞에 있어도

나 스스로가 어색하고 불편하다면 좋은 식사가 될 수 없다.

결국 좋은 식사라는 것도 내가 어떤 마음으로

식사를 하느냐에 따라 결정되는 것이다.

그러다 문득 '좋은 삶'을 살기 위한 조건 또한

그렇지 않을까 생각하게 됐다.

이 옷이 얼마나 비싼 옷인지보다

이 옷이 나에게 어울리는 옷인지

내가 먹는 음식이 얼마나 비싼 음식인지보다

내 입에 잘 맞는 음식인지

남들이 얼마나 나를 부러워하는지가 아니라

내가 얼마나 나 스스로에게 만족하는지.

좋은 삶을 살기 위한 첫걸음은

이런 질문에서부터 시작되는 것이 아닐까.

비싼 옷을 입고, 비싼 음식을 먹고,

남들에게 부러운 사람으로 보여 진다고 해서

그 사람의 삶이 좋은 삶이라고 단정 지을 수는 없다.

좋은 삶은 내가 어떤 마음가짐으로

살아가느냐에 의해 결정된다.

이미 끝나버린 일

어릴 적 오빠와 함께 부루마블을 하던 중이었다.

주사위의 숫자가 3이 나오기만 하면

내가 이길 수 있는 게임이었는데 안타깝게 다른 숫자가 나와

오빠에게 역전의 빌미를 제공해 버린 적이 있었다.

한 번만 더 기회를 달라고 오빠에게 떼를 썼지만

승부의 세계는 냉혹했고 결국 게임은 오빠가 이겼다.

다 이긴 게임을 역전당한 탓에

그날 잠자리에 누워서도 몸을 계속 뒤척였다.

그리고 어른이 된 지금도

나는 가끔씩 새벽까지 뒤척일 때가 있다.

헤어진 연인 때문에.

마지막에 답을 바꿔 틀린 시험 문제 때문에.

아쉽게 엎어진 프로젝트 때문에.

하지만 뒤늦게 고민하고 후회를 해도 바뀌는 건 없었다.

연인과의 관계도, 시험 결과도, 놓친 프로젝트도,

모두 이미 끝나버린 일이기 때문이다.

주사위가 던져졌을 때 우리가 할 수 있는 건

멈춘 주사위를 확인하고 결과를 받아들이는 것뿐이다.

내가 원하는 숫자가 나오지 않았다고 해서

결과를 다시 되돌릴 수는 없다.

받아들여야 한다.

그 상황이 바뀔 수 없다는 것을.

받아들이지 못하고 전전긍긍할수록

나만 더 힘들어질 뿐이라는 것을.

변하는 건 아무것도 없다는 것을.

그러니까 힘들더라도, 아프더라도, 꿋꿋이 결과를 받아들이자.

받아들여야 또 새로운 기회를 얻을 수 있을 테니까.

따뜻한 세상

감기 기운 때문에 약국에서 약을 사서 나오는데
어디선가 여자의 비명이 들렸다.

깜짝 놀라 돌아보니 도로변에
엄청나게 많은 동전이 떨어져 있었고
그 앞에는 망연자실한 표정의 아주머니가 서 있었다.
아주머니 손에 찢어진 쇼핑백이 들려 있는 걸로 보아
쇼핑백이 터지면서 바닥에 동전들이 쏟아진 것 같았다.

갑작스러운 상황에
나를 포함한 그곳에 있던 모두가 경악했다.

500원, 100원, 50원, 10원, 제각각의 동전들이
난잡하게 길바닥에 흩어진 상태였고

가까스로 정신을 차린 아주머니는

허둥지둥 동전들을 줍고 있었다.

도움의 손길이 필요해 보였지만

그날 나는 컨디션이 너무 안 좋았기 때문에

그 상황을 보고도 선뜻 다가가지 못한 채 머뭇거리고 있었다.

그냥 모른 척 지나갈까,

솔직히 그런 생각도 했었다.

하지만 아주머니가 너무 안쓰러워 그냥 지나칠 수 없었다.

나는 빠르게 동전을 줍기 시작했고

주변에 있던 사람들도 하나둘 거들었다.

근처 은행에서 나오던 아저씨도, 교복을 입은 학생무리도,

버스를 기다리고 있던 몇몇 사람들도,

약국 직원들도 나와서 동전 줍기에 동참했다.

그렇게 모두가 한마음으로 아주머니를 도왔다.

이후 동전을 모두 수거한 아주머니는 눈물을 글썽이며

주변에 있는 사람 한 명 한 명에게 감사 인사를 했다.

그날 집에 돌아오니 손바닥이 흙투성이가 되어 있었다.

하지만 찝찝하기는커녕 오히려 산뜻한 기분이 들었다.

감기 기운으로 몸이 나른했는데 이상하게 잠이 오질 않았다.

온 세상을 얼려버릴 듯 추위가 기승을 부리던

한 겨울이었음에도 불구하고

그때가 내게는 가장 따뜻했던 계절로 기억된다.

우리가 사는 세상이 예전에 비해 많이 각박해졌다고들 한다.

저마다의 이유로 삶이 바쁘고 고단하기 때문일 것이다.

하지만 그 속에서도 누군가는 아무 대가를 바라지 않고

타인에게 호의를 베풀고

또 다른 누군가는 도움을 필요로 하는 사람에게

기꺼이 손을 내밀기도 한다.

그날 나는 깨달았다.

내가 사는 세상은 내가 생각하는 것 이상으로

따뜻한 세상이라는 것을.

소망

연말을 맞아 힘든 이웃에게 기부를 했다는

한 연예인의 기사에 악플이 달린 것을 보고 놀란 적이 있다.

좋은 일을 했는데 왜 악플이 달린 걸까.

알아보니 다른 연예인과 비교해

기부 금액이 너무 적다는 이유로

그 연예인은 좋은 일을 하고도 사람들에게 욕을 먹고 있었다.

어쩐지 좀 씁쓸했다.

울고 있는 아이에게 손에 쥐고 있는 사탕 모두를

건네주는 사람은 훌륭한 사람이다.

하지만 울고 있는 아이에게 손에 쥐고 있는

사탕의 반만 건네주는 사람도 역시 훌륭한 사람이다.

선행은 얼마나 베푸는지가 아니라
베푼다는 것 자체에 의미가 있다.

우리가 사는 세상이 좀 더 따뜻한 세상이기를 바란다.

울고 있는 아이에게도
사탕을 건네는 사람에게도
그들을 바라보는 우리들에게도.

인생의 묘미

"잠시 후 과속방지턱이 있습니다."

"30미터 앞 우회전입니다."

차를 타고 가다가 문득 우리 인생에도

내비게이션이 있다면 어떨까 상상해 보았다.

삶이라는 여러 개의 갈림길에서 선택을 해야 하는 순간에

누군가 확실한 답을 알려주고 결정할 수 있다면.

어느 방향으로 얼마나 더 가면 되는지,

어느 곳에서 멈추어야 하고

어느 곳에서 멈추지 말아야 하는지,

누군가 답을 알려주고

올바른 길을 갈 수 있도록 도와준다면 어떨까.

그런 상상을 하다가 이내 그만두었다.

정답을 알고 가는 길은 얼마나 따분하고 무료할까.

예측할 수 없기에 더 설레고 기대되는 게 우리의 인생인데.

퇴근길

어둠이 내려앉은 버스 안에서 창문을 물끄러미 바라본다.

흐트러진 머리, 흐리멍덩한 눈, 까칠한 피부,

터진 입술, 처진 어깨, 구겨진 셔츠.

창문에 비친 내 모습이

오늘따라 유난히 낯설고 초라해 보인다.

한 살씩 나이가 들어가면서 무엇보다 내가 두려운 건

다른 사람들은 다 무엇인가를 이루어놓은 것 같은데

나만 아무것도 해 놓은 게 없는 것 같은 불안감.

이대로 내 인생이 흐지부지 끝나버리고 말 것 같은 초조함.

무엇이라도 해야만 한다는 걸 알면서도

아무것도 하기 싫어하는 나의 무기력함.

요즘은 나도 내가 무슨 생각을 하고 사는지 모르겠다.

막연한 미래. 불안한 현실. 그로 인한 두려움.

혼란. 우울. 의욕 상실. 잘살고 싶은데 그게 잘 안된다.

가끔 내가 둘이라면 좋겠다는 생각을 하곤 한다.

내가 둘이라면 이런 나를 따뜻하게 안아줄 텐데.

말없이 안아주고 싶다.

오늘 하루도 고생 많았다고.

그 모든 문제들에 대해

걱정하느라, 참아내느라, 버텨내느라.

어딘가에 주저앉아 하루 종일 같이 울어주고 싶다.

구겨진 블라우스

휴일 아침, 실수로 커피를 쏟았는데

그 바람에 바닥에 깔려있던 러그가 엉망진창이 되었다.

더 최악인 건 러그에 널브러져 있던

흰 블라우스에도 커피 물이 든 것이었다.

한 모금도 마시지 못한 커피를 쏟은 것보다

흰 블라우스가 엉망이 된 게 더 속상했다.

옷장에 있어야 할 블라우스가

왜 바닥에 떨어져 있는지 생각해보니

엊저녁 퇴근을 하고 옷을 갈아입던 중

아무렇게나 던져준 게 화근이었다.

그러고 보니 아까 화장실을 갈 때도

중간에 물을 마시기 위해 잠깐 일어났을 때도

발에 뭔가가 밟히는 느낌이 났는데.

밤사이 두 번이나 내 발에 밟힌 걸로도 모자라

커피 물까지 든 블라우스는 엉망으로 구겨진 채

바닥에 널브러져 있었다.

물을 마시러 일어났을 때 주웠더라면.

화장실 갈 때 그냥 밟고 지나치지 않았더라면.

애초에 블라우스를 옷걸이에 똑바로 걸어 놨더라면.

그중 한 번이라도 외면하지 않았다면

블라우스가 이렇게까지 엉망이 되진 않았을 텐데.

멀쩡하던 블라우스가

처참한 상태로 망가진 걸 보면서 깨달았다.

귀찮다고 외면하면 문제가 더 커진다는 것을.

아빠의 사랑

드라마 작가가 되겠답시고

대학교를 졸업하자마자 서울에 왔다.

서울에서 집을 구하고 방송 학원에 등록을 하고

글을 쓰겠다는 생각으로 노트북도 새로 하나 장만했다.

그리고 그 모든 비용을 아빠가 다 대줬다.

아빠니까 당연히 나를 위해 집을 구해줘야 해.

아빠니까 당연히 나를 위해 등록금을 내줘야 해.

아빠니까 당연히 나를 위해 노트북을 사줘야 해.

나는 그 모든 것들을 당연하게만 생각했다.

세월이 흘러 회사에 다니며 내 돈으로 월세를 내고

내 돈으로 필요한 물건을 사고

내 돈으로 생활을 하게 된 지금에서야

나는 그때의 나를 되돌아보게 되었다.

우리 아빠는 참 힘들었겠다.

내가 아빠를 너무 당연한 존재로만 생각해서.

내가 원하는 모든 것들을 아낌없이 지원해 주기 위해

아빠는 얼마나 힘들었을까.

그 모든 것들을 당연하게 생각하는 나를 보면서

아빠는 무슨 생각을 했을까.

아빠니까 당연한 건 없다.

내가 지금까지 무사히 먹고 자고 살아갈 수 있었던 것은,

사회의 한 구성원으로 바르게 성장할 수 있었던 것은,

아빠의 사랑과 아낌없는 지원이

있었기 때문이라는 것을 잊지 말자.

후회 없이 사랑할 것

'이 사람과 헤어지면 정말 슬플 거야.'

정말 좋아하는 사람을 만나 연애를 하면서
행복한 순간에도 종종 이런 불행한 상상을 하곤 했다.
그러다 그 사람과는 1년이 안 돼서 헤어졌고
예상대로 나는 많이 슬펐고 오래 아팠다.

하지만 헤어진 후 나를 힘들게 했던 건
밤마다 떠오르는 그 사람의 얼굴도
그 사람과의 지나간 추억도 아니었다.

무엇보다 견디기 힘들었던 것은 그 사람과 함께하며
행복한 순간에도 마음껏 행복해하지 못했던
지난날에 대한 후회였다.

사람은 행복해지고 싶어 하면서도

정작 행복한 순간에는 행복을 온전히 누리지 못하고

일어나지도 않은 일을 상상하며

스스로 불행을 자처하곤 한다.

어쩌면 그건 사랑이나 행복, 기쁨과 같은 감정들이

영원히 지속될 수 없다는 걸 알기 때문인지도 모른다.

하지만 언젠가 사라져 버릴 것을 걱정해서

행복한 순간에도 불안해하고 초조해하며

인생을 낭비하는 것은 얼마나 어리석은 것일까.

지금 누군가를 사랑하고 있다면

그래서 행복한 순간에도 불행한 상상을 하고 있다면

그런 바보 같은 상상을 이제는 멈추기를 바란다.

언제 올지 모르는 불행을 상상하며

살아가기에는 시간이 너무 아깝다.

행복한 순간에는 온전히 행복하기만 하고

사랑해야 할 순간에는 온전히 사랑하기만 하자.

너에게

좋은 사람들과 함께

좋은 것만 보고 좋은 생각만 하기를.

얼굴 찌푸리는 일 없이 기쁜 소식만 들려오기를.

어제보다 오늘이 더 행복하기를.

사랑하기 좋은 날

벚꽃이 휘날리는 거리를 너와 함께 걷다
문득 이 길을 홀로 걷지 않아도 되는 것에
감사한 마음이 들었다.

전혀 모르는 두 사람이 만나
사랑에 빠질 확률은 0.1%도 안 된다는
글을 본 적이 있다.

얼마나 기적 같은 일인가.
이 말도 안 되는 확률 가운데
지금 내 옆에 네가 있다는 것은.

사랑하기 좋은 날이다.

잘하고 있어요

오랜만에 만난 친구가 한숨을 푹 내쉬며 말했다.

"내가 지금 잘 살고 있는 건지 모르겠다."

잘 사는 건 뭘까.

어떻게 사는 게 잘 사는 걸까.

삶은 시련과 좌절의 연속이다.

하지만 불행의 한가운데서도

어떻게든 살아가기 위해 참고, 버티고, 견뎌내고 있다면

나는 그걸 잘 살고 있는 인생이라고 생각한다.

지금 이 순간 흔들리는 당신에게 꼭 해주고 싶은 말이 있다.

불안해하지 않았으면 좋겠다.

당신은 잘하고 있고 앞으로도 잘 해낼 테니까.

어른들의 삶

얼굴도 예쁘고 성격 또한 밝고 털털해서

주변에 항상 친구가 많고

어디를 가나 사랑받는 친구가 있다.

삶이 너무 행복하고 반짝거려

우울이라는 단어조차 모를 것 같은 그런 친구.

언젠가 그 친구에게 이런 질문을 한 적이 있다.

"너도 우울할 때가 있어?"

우울이라는 단어와는 거리가 너무 멀어

"우울? 그게 뭔데?" 되물어도 이상할 게 없을 것 같았다.

하지만 친구는 내 예상과 다른 답을 했다.

"당연히 있지. 나도 사람이야."

"그런데 왜 전혀 티가 안 나?"

그러자 친구는 쓴웃음을 지었다.

"우리 이제 어른이잖아."

딱 떨어지는 대답에 나는 나도 모르게 고개를 끄덕거렸다

그래, 우리는 이제 어른이지.

항상 밝게 웃고 있지만 친구도 우울 때가 있을 거다.
모두에게 사랑받는 것과 우울함은 별개의 문제니까.

많은 사람들에게 둘러싸여 있어도

가슴 한구석이 허전할 수 있고

걱정 없이 행복해 보여도

저마다의 걱정과 고민을 안고 살아가는 게 인간이니까.

친구는 우울하지 않은 게 아니라

내색을 하지 않는 것뿐이리라.

그날, 친구를 꼭 안아주고

집으로 돌아오는 길 많은 생각이 들었다.

어른이라는 이유만으로

세상에는 얼마나 많은 사람들이 아픔을 숨기고 살아가는 걸까.

얼마나 많은 이들이 혼자 숨죽여 울고 있는 걸까.

궁금한 게 있어요.

상처투성이인 여린 마음으로 살아가면서

위로받고 싶은 날 위로 받지 못하고

울고 싶을 날 눈물을 참아야 하는 게

어른들의 삶인가요?

이별 후에

남자친구에게 일방적인 이별 통보를 받고

멘붕이 온 적이 있다.

갑자기 내가 싫어졌다고? 그럴 수가 있나? 왜?

자괴감에 빠져서 허우적거리다가

결국에는 이런 생각까지 하게 됐다.

혹시 나한테 무슨 문제가 있나?

나도 모르는 치명적인 결함이 나한테 있는 건가?

이별의 원인을 찾다 보니 나에 대해 자신이 없어지고

계속 안 좋은 생각만 들었다.

나중에 그 친구의 지인을 통해 듣게 된 사실인데

그 친구가 헤어지자고 했던 건

나에게 문제가 있어서가 아니라

오랜 만남 후 시간이 흐르며 마음이 식었고

내 입장에서는 갑작스러운 이별이었지만

그 친구는 이미 마음의 준비를 모두 끝낸 상태에서

이별 통보를 했다는 거였다.

아, 그런 거였어?

이별의 원인이 나 때문이 아니라는 지인의 말을 들으며

안심을 하다가 문득 이런 생각이 들었다.

그런데 나는 왜 이별의 원인을 나에게서 찾으려고 했을까.

그냥 싫어졌다는 상대의 말을 왜 있는 그대로

받아들이지 못했던 걸까.

사랑하다 헤어질 수도 있는데.

갑자기 싫어질 수도 있고

갑자기 식어버릴 수도 있는 게 사람 마음인데.

이별의 원인을 나에게 있다고 생각하며

심각하게 고민하고 우울해했던 내가 정말 바보 같았다.

내가 더 많이 좋아했고 상대가 먼저 변심했을 뿐이다.

내 마음이 모자라거나 부족해서가 아니다.

마음은 아프지만 그 이상 진지해지지는 말자.

나를 좋아하지 않는 사람이 내 곁을 떠난 것일 뿐

나는 꿋꿋이 내 인생을 살아가면 된다.

내가 만나야 할 사람

엄마와 아침 드라마를 보던 중이었다.

여자 주인공이 3년간 사귄 가난한 남자를 배신하고

부자인 남자와 결혼을 하는 장면이 방영되고 있었다.

TV 화면을 멍하니 보다가 엄마에게 물었다.

"엄마, 내가 부잣집 남자랑 결혼했으면 좋겠어?"

"아니."

"그럼 가난하지만 착한 남자랑 결혼했으면 좋겠어?"

"아니."

"그럼 내가 어떤 남자를 만났으면 좋겠어?"

"엄마보다 더 너를 사랑해 주는 사람."

또 다른 시작

노력은 배신하지 않는다고 한다.

하지만 살다 보면 노력을 해도 안 되는 일이 있다.

내 꿈은 드라마 작가였다.

밤낮으로 글을 썼지만 드라마 공모전에서는

매번 낙방을 했고

대학을 졸업하고도 변변한 직장 없이

방송아카데미와 작가교육원 등을 전전하며

오로지 드라마에만 올인 했다.

하지만 이렇다 할 성과는 없었다.

그러는 사이 20대 후반이 되었다.

좋은 직장에 다니며 결혼까지 한 친구들을 보면서

나는 우울과 좌절에 빠졌다.

그리고 당연한 수순인 듯 세상을 원망하기 시작했다.

이 더러운 세상.

드라마 작가로 가는 길은 왜 이렇게 좁은지.

글 잘 쓰는 사람은 왜 이렇게 많아서 내 앞길을 막는 건지.

피폐해진 정신으로 어떤 날은 잠만 자고

어떤 날은 미친 것처럼 울기만 하며 몇 달을 보냈다.

그러던 어느 날 거울을 보니

거울 속에 비친 내 모습이 너무 찌질해 보이더라.

문득 에르빈 롬멜 장군의 말이 떠올랐다.

"세상이 너를 버렸다고 생각하는가?

세상은 너를 가진 적이 없다."

그랬다. 사실 나는 세상을 원망할 자격도 없었다.

드라마 작가를 꿈꾸며 글을 써온 시간들

실패와 좌절의 순간들

그 모든 것들이 내 선택에서 비롯된 것이었으므로.

그래서 나는 인정하기로 했다.

세상은 넓고 나보다 글 잘 쓰는 사람은 많다는 것을.

최선을 다해도 안 되는 게 있고

이 또한 그중 하나일 뿐이라는 것을.

글 쓰는 것 외에는 그 무엇도 생각해 본 적이 없었기 때문에

꿈이 좌절되는 순간 세상이 무너질 거라 생각했는데

다행히 세상은 무너지지 않았다.

나를 둘러싼 세상은 아무것도 변한 게 없었고

걱정했던 것과 달리 내 생활은 오히려 더 안정적으로 변했다.

글쓰기를 잠시 중단하면서부터

가족이나 친구들과 더 많은 시간을 보낼 수 있었고

내가 좋아하고 잘할 수 있는 일이 무엇인지에 대해

다시 고민할 수 있는 기회가 생겼다.

꿈을 포기하는 것과 동시에 나에게는 새로운 꿈이 생겼고

새로운 꿈을 찾아가는 과정에서

새로운 재능을 발견하게 됐다.

글 쓰는 것 말고도 내가 할 수 있는 일은 많았고

나는 내가 생각했던 것보다

더 많은 것을 할 수 있는 사람이라는 것을

그 과정에서 깨닫게 되었다.

드라마 작가의 꿈은 포기했지만 직장을 다니면서도

틈틈이 글을 썼고 그 결과 책도 출간할 수 있었다.

지금도 가끔씩 그때 포기하지 않았다면 어땠을까,

하는 생각이 들 때가 있지만

그때의 내 선택을 후회하지는 않는다.

살아보니 그렇더라.

내가 아무리 노력해도 안 되는 건 안 되는 거고

내가 아무리 매달려도 어쩔 수 없는 건 어쩔 수 없는 거더라.

내 힘으로, 내 노력만으로 바꿀 수 없는 게 있더라.

그러니까 죽을 만큼 노력해도 안 되는 게 있다면

세상을 원망하지 말고 나 자신을 원망하지 말고

어쩔 수 없음을 받아들이자.

그래야 새로운 시작을 할 수 있다.

살면서 우리는 수많은 실패를 하게 될지도 모른다.

이 글을 보는 당신에게는 그런 힘든 순간이 없으면 좋겠지만

혹시라도 너무 힘이 들어 주저앉고 싶은 그런 날이 온다면

이 말을 꼭 기억했으면 좋겠다.

오늘의 실패는 영원한 실패가 아니다.

지금 힘든 것은 새로운 꿈을 실현하기 위한 과정일 뿐

당신은 지금껏 잘해 왔고 앞으로 더 잘할 것이다.

당신에게는 좋은 날이 오고 있다.

"가장 행복한 순간은 언제인가요?"

라는 질문을 받았을 때,

1초의 망설임도 없이 확신에 찬 상태로

"지금 이 순간."

이라고 대답할 수 있는 그런 삶이기를.

PART 02

좋은 관계를
맺고 싶은
너에게

우리는, 10년을 알고 지낸 사람과도 못할 이야기를

안 지 6개월도 안 된 사람에게 편하게 털어놓기도 하고

긴 시간을 함께한 사람보다 찰나의 순간을 함께한 사람을

더 오래 기억하기도 한다.

결국 관계라는 건 시간의 문제가 아니라 감정의 문제.

얼마나 오래 알고 지냈는지보다

얼마나 많은 감정을 주고받았는지가 더 중요한 것 같다.

나는 당신에게 어떤 사람인가요?

진짜 친구

나와 정반대의 성향을 가진 친구가 있다.

나이가 같다는 것 외에는 공통 분모가 거의 없다시피 한 친구.

나는 한여름에도 따뜻한 커피를 마시는 사람이고

그 친구는 한겨울에도 차가운 커피를 마셔야 하는 사람이다.

나는 책이나 영화 등에 관심이 많은 반면

그 친구는 운동이나 게임에 관심이 많다.

나는 감성적이고 감각적인 것을 선호하는 편이고

그 친구는 이성적이고 실용적인 것을 선호하는 편이다.

그래서 우리는 한 공간에 있으면서도

각자 다른 이야기를 할 때가 많다.

이렇게까지 나와 반대인 사람이 있을까, 하는 생각이 들 만큼

친구는 모든 것들이 나와는 정반대였고

주변 사람들 모두 우리 두 사람은

친구가 될 수 없을 거라 했었다.

하지만 그럼에도 불구하고 우리는 친구가 되었다.

100 중 99가 나와 맞지 않아도

나와 맞지 않는 99개의 다름을 인정하고

그럼에도 불구하고 친구가 되는 것.

친구란 그런 게 아닐까.

칭찬의 힘

대학 시절, 시 수업 시간에 있었던 일이다.

학생들이 과제로 시를 한 편씩 써 오면
그 시를 읽고 그에 대한 이야기를 나누는 방식으로
진행되는 수업이었다.

그날은 마침 내가 쓴 시를 발표하는 날이었는데
교수님이 돌연 수업을 하시다가 내게 질문을 하셨다.

"이 구절은 이런 의미로 쓴 게 맞나요?"

나는 조금 당황했다.
교수님이 해석한 의미는 정말 좋았지만
사실 그런 의미로 쓴 건 아니었고

그냥 쓰다 보니 아무 생각 없이 쓰게 된 것이었기 때문이다.

그럴싸한 의미라도 지어서 대답을 해야 하나,

순간 잠깐 고민을 했지만

그래도 거짓말을 하는 건 아닌 것 같아

기어들어 가는 목소리로 교수님께 솔직하게 말했다.

"아뇨. 사실, 그 구절은 아무 생각 없이 쓴 겁니다."

순간 강의실에는 숨 막히는 정적이 흘렀다.

내가 그런 답을 할 거라고는 예상하지 못한 듯

교수님은 다소 황당하다는 표정으로 몇 초간

나를 바라만 보고 있었다.

역시 거짓말이라도 했어야 한다고

나는 뒤늦게 후회를 했고

다른 학생들은 교수님의 눈치만 보고 있었다.

그런데 그때 기적 같은 일이 일어났다.

"잘했어요. 시는 원래 아무 생각 없이 쓰는 겁니다."

고개를 푹 숙인 채 어쩔 줄 몰라 하는 내게

교수님이 인자하게 웃으며 말씀하셨다.

그때부터 나는 시가 좋아졌다.

칭찬은 누군가를 변화시킬 수 있다.

당신도 누군가에게 희망을 줄 수 있다.

엄마의 삶

집에서 요리를 하다가 궁금한 게 생겨서
엄마에게 전화를 했더니 외할머니 제사라 외삼촌 댁에 와 있어
통화를 길게 할 수 없다고 했다.

아차, 싶었다.
나는 엄마에게도 엄마가 있었다는 사실을
종종 잊어버리곤 한다.
마치 처음부터 엄마는 엄마로 태어나고
나는 엄마의 딸로 태어난 것처럼

나는 서른이 넘었지만 아직도 몸이 아플 땐
엄마에게 어리광을 부리고
친구와 싸우면 엄마에게 이르고
직장 상사가 괴롭히면 엄마에게 상사의 뒷담화를 하고

요리를 하다가 모르는 게 생기면 엄마에게 물어보고

그래도 도저히 못 만들겠으면 엄마에게 만들어달라고 한다.

엄마는 지금껏 나의 엄마일 뿐 아니라

나의 가장 친한 친구이기도 했고

내 인생의 가장 든든한 지원군이자 버팀목이었다.

나는 문득 누군가의 딸이었을 엄마의 모습을 상상해 보았다.

엄마도 외할머니에게 어리광을 부렸을까.

엄마도 가끔 외할머니에게 반찬 투정을 했을까.

엄마도 친구와 싸우면 외할머니 품에 안겨 펑펑 울었을까.

엄마도 아플 때는 외할머니가 생각날까.

서른이 넘은 나는 아직도 엄마가 필요할 때가 많은데

엄마도 외할머니가 필요할 때가 많을까.

그럼 외할머니가 돌아가신 지금은 어떨까.

상상하기가 무서웠다.

엄마가 없는 내 인생은 너무 깜깜할 것 같은데

엄마의 인생 또한 그렇게 깜깜할까 봐.

그래서 나는 엄마가 내게 그랬듯 지금부터라도

엄마에게 의지가 되는 딸이자 엄마의 가장 친한 친구이자

엄마 인생의 가장 든든한 지원군이 되어보려고 한다.

한때는 누군가의 소중한 딸이었고

꿈 많은 소녀였을 엄마의 삶이

나로 인해 조금이라도 편안하고 행복하길 바라며.

적당한 무관심

집들이 선물로 지인에게 화분을 받았다.

크고 화려한 화분은 집을 한층 더 빛나게 해주는 것 같았다.

관심 있게 지켜보면서 햇볕도 쬐어주고 물도 주고 했다.

그런데 어쩐 일인지 화분은 자꾸만 시들어갔다.

햇볕을 더 많이 쬐어주고

물량을 더 늘려도 상태는 나아지지 않았다.

선물을 준 지인에게 물었더니

다육식물은 물을 너무 많이 주면 빨리 시들고

너무 강한 햇볕에 노출되면 잎이 타 죽는 경우가 있으니

주의를 해야 한다고 했다.

이후, 지인이 조언해 준 대로 물의 양과 햇볕 쬐는 시간을

좀 줄였더니 화분은 다시 파릇파릇하게 살아났고

전처럼 관심을 주지 않았는데도 화분이 시드는 일은 없었다.

말 못 하는 식물이 그동안 얼마나 힘들었을까.
내 관심 없이도 아무 탈 없이 잘 자라고 있는 것을 보면서
다시 한 번 깨달았다.

지나친 관심은 오히려 해가 될 수도 있다는 걸.
그리고 그건 화분을 키울 때만이 아니라
인간관계에서도 마찬가지라는 걸.

선의라는 이름을 앞세워 행해지는 과도한 관심이
지금 이 순간 누군가를 불편하게 하고 있진 않은지.
상대가 나에게 바라는 것은 지나친 간섭이 아닌
적당한 무관심이 아닌지 생각해 봐야겠다.

어쩌면 인간관계에서 가장 중요한 것은

상대에 대한 호의나 관심 같은 게 아니라

〈적당한 선〉이 아닐까.

상대가 부담스러워하지 않을 정도의 적당한 호의와

불편해하지 않을 정도의 적당한 관심.

그 선을 지키는 게 무엇보다 중요한 것 같다.

힘듦의 무게

누군가 "나 힘들어."하고 말하면

"뭘 그 정도로 우는소리를 하고 그래, 내가 더 힘들어."하고

말하는 사람이 있다.

'그냥 힘든가 보다' 생각해줄 수는 없나.

"너도 많이 힘들구나" 정도로만 말할 수는 없나.

힘듦의 크기와 무게는 누가 정하는 것인지.

힘듦의 무게와 크기를 재지 않고

각자의 힘듦을 공감하고 존중해줄 수 있는

그런 사람과 함께 살아가고 싶다.

내가 서 있는 이곳이 좀 더 따뜻한 세상이기를 바란다.

그런 날

엘리베이터 앞에서 옆집에 사는 꼬마를 만났다.

간단히 인사를 주고받고 나란히 서서

엘리베이터를 타고 내려가는데

옆에 있던 꼬마가 깊은 한숨을 내쉬었다.

호기심에 물었다.

"왜 그렇게 한숨을 쉬어?"

"고민이 있어서요."

"무슨 고민?"

대수롭지 않게 또 한 번 물었더니,

꼬마는 "그런 게 있어요."라고 잠깐 경계를 하는 듯하더니

이내 한숨을 푹 내쉬며 제법 어른스럽게 말했다.

"그냥, 누구에게나 말 못 할 고민이 있잖아요.

별거 아니니 신경 쓰지 마세요."

엘리베이터 문이 열리자 꼬마는

어깨를 축 늘어트린 채 걸어갔고

나는 멍청하게 꼬마의 뒤를 따르며 생각했다.

그래, 누구에게나 그런 날이 있지.

누구에게나.

때로 우리는 다른 사람에게는 털어놓고 싶지 않은

큰 고민이나 큰 상처가 있을 때

'별거 아니야'라는 말로 얼버무리곤 한다.

비밀

대학 시절, 친하게 지내던 친구가

집안 사정으로 자퇴를 한다는 소식을 같은 과 선배에게

전해 들었을 때 놀라움보다 서운함이 더 컸다.

그렇게 중요한 일을 어떻게 친구인 나보다

별로 친하지도 않은 선배에게 먼저 말할 수 있지?

그때는 너무 어려서 몰랐다.

학교를 그만둔다는 말을 해야 하는 친구의 마음이

얼마나 무거웠을지.

가장 친한 친구인 내 앞에서

얼마나 많은 순간을 망설였을지.

우리는 상대와 친하고 상대에 대한 마음이 클수록

상대에 대한 모든 것을 알고 싶어 하고

상대가 나에게 비밀을 만드는 것을 견딜 수 없어 한다.

하지만 어떤 종류의 고민은

가깝기 때문에 더욱 이야기하기 힘들 때도 있다.

친구라는 이유로, 연인이라는 이유로, 가족이라는 이유로

모든 것을 오픈해야 하는 건 아니다.

가까운 사이에도 비밀은 있을 수 있다.

물론 조금 서운하고, 아쉬운 마음이야 들 수 있겠지만

그 사람과 나의 사이가 비밀을 모두 털어놓아야만

견고하게 다져지는 사이는 아니니까.

그리고 그 사람이 모든 고민을 다 털어놓지 못하는 이유는

나를 생각하는 마음이 부족해서가 아니라

나에 대한 애정이 그만큼 크기 때문이다.

내가 더 많이 안아주고 이해해 주자.

비밀이 있더라도

그 사람과 당신의 관계는 여전히 애틋하고 가깝다.

어려운 문제

어릴 적, 수학 시험지를 나눠주며 선생님은 말씀하셨다.

문제를 풀다가 어려운 문제가 나오면

그 문제는 미뤄놨다가 가장 마지막에 풀라고.

그걸 풀려고 시간을 쓰다가 다른 문제를 놓칠 수 있으니

다른 문제를 다 풀고 난 후

어려운 문제는 맨 마지막에 푸는 거라고.

그때 미뤄둔 문제처럼 지금 나를 힘들게 하는 사람도

내게는 그런 어려운 문제가 아닐까 생각해 본다.

좋게 풀어보려고 해도 틈을 주지 않고

마치 나를 괴롭히려고 작정이라도 한 것처럼

내게 스트레스를 주는 사람.

그런 사람과의 관계를 풀어보려고 하는 것은

괜한 시간만 허비하는 일이 아닐까.

시간이 촉박해 끝내 풀지 못한 채

빈칸으로 남겨둬야 했던 시험 문제처럼

나 혼자만의 노력으로 풀 수 없는 관계라면

그냥 놓아버려도 되지 않을까.

엇갈린 기대

예전에 만났던 남자친구는 게임을 무척 좋아했다.

저녁에는 게임을 하느라 연락이 안 될 때가 많았는데

그게 진짜 속상했다.

게임을 그만하라는 말을 백 번도 넘게 했었고

그럴 때마다 그 친구는

"네가 커피를 끊겠다고 하면 나도 게임을 끊을게."라고 하며

내 말을 받아치곤 했다.

게임과 커피가 무슨 상관인데?

당시 나는 카페에서 일을 하던 중이었고

아침에 커피를 마시지 않으면 일상생활이 불가능할 정도로

카페인 중독인 상태였기에 커피를 끊는 건 불가능한 일이었다.

그걸 알면서도 그런 말을 하는

남자친구에게 서운하고 화가 났다.

하지만 그러면서도 나는 은근히 기대를 하고 있었다.

나로 인해 남자친구가 변할 거라는 기대.

나를 위해서 게임을 안 할 거라는 기대.

하지만 그런 일은 일어나지 않았다.

몇 개월이 지난 후 게임이 아닌 다른 이유로

그 친구와 헤어졌고 그제야 나는 알게 됐다.

그 친구 역시 나에게 기대를 하고 있었다는 것을.

내가 그를 위해 커피를 끊어 줄 거라는 기대.

하지만 나는 커피를 끊지 않았다.

내가 그를 덜 사랑했기 때문은 아니다.

그저 내키지 않았을 뿐이다.

커피가 싫어져서 내 자의로 커피를 끊는 게 아니라

누군가의 한마디로 내가 좋아하는 것을 포기해야 하는 게 싫었다.

아마 그 친구도 그랬으리라.

어떤 사람은 커피를 마실 때 행복을 느끼고

어떤 사람을 게임을 할 때 행복을 느낀다.

저마다 행복을 느끼는 포인트가 다르다.

정말 그 사람을 사랑한다면

그 사람이 정말 행복하기를 바란다면

나를 위해 그 사람을 바꾸려고 하지 말고

그 사람의 있는 그대로를 사랑하고

아껴줄 수 있는 사람이 되자.

'서운함'이라는 감정은

상대의 잘못에서 오는 것이 아니라

무조건 상대의 잘못이라고만 생각하는

나의 착각에서부터 오는 것이다.

혼자 기대하고 혼자 상처받지 말자.

내가 마음을 주고 믿음을 주는 만큼

상대도 나에게 그렇게 해주었으면 하는 기대는

언제나 실망과 상처로 변하기 마련이다.

한 걸음

연인 관계에서 다툼은 대개 사소한 것에서 발생할 때가 많다.

돌이켜보면 그게 그렇게까지 화를 낼 일은 아닌데.

정말 별것 아닌 일인데.

당시에는 어마어마할 정도로 화가 났던 일이

뒤돌아서 다시 생각해 보면

그렇게까지 얼굴을 붉힐만한 일이 아니라는 생각이 들곤 한다.

그냥 한쪽이 "서운해"라고 하면

다른 한쪽은 "그랬구나"하고 넘길 수 있을 만한 일.

이쪽이 "미안하다"고 하면

저쪽에서는 "괜찮아"하고 넘길 수 있을 만한 일.

정말 사소하고 별것 아닌 일.

돌이켜보면 늘 그랬다.

각자 한 걸음만 물러서면 더 많은 것을 보고

더 많은 것을 이해할 수 있는데.

한 걸음. 딱 한 걸음이면 되는데.

그걸 알면서도 그 한 걸음이 늘 그렇게 어려웠다.

친구라는 가면

아쉬울 때만 나를 찾는 친구가 있었다.

평소에는 뜸하다가 도움이 필요하거나

부탁할 일이 있을 때만 연락을 하고

정작 내가 연락을 하면 바쁘다는 핑계로

내 연락은 받지도 않는 그런 친구.

한번은 사정이 생겨 친구의 부탁을 거절하자

"너는 친구도 아니야."라고 말하며

일방적으로 전화를 끊어버린 적도 있었다.

두 번 다시 연락을 하지 않을 것처럼

전화를 끊었던 친구는

얼마 후 또다시 부탁할 게 있다며 연락을 했었다.

그 뒤로도 몇 번인가 그런 일이 반복되었고

어느 순간부터 친구의 연락을 받지 않았다.

관계를 이렇게 끝내도 되는 걸까

처음에는 고민도 많이 했었다.

하지만 그 친구와 연락을 끊고 난 뒤에는

오히려 마음이 홀가분해졌다.

무리한 부탁을 받을 일도 없었고

괜한 일에 감정 소모할 일도 없게 됐으니까.

이후 친구와 나를 동시에 아는 지인에게서

그 친구가 주변 사람들에게 내 욕을 하고 다닌다는

말을 들었지만 그다지 기분 나쁘지도 않았고

별로 신경 쓰이지도 않았다.

'친구'라는 이름으로 불렸지만 사실은 친구가 아니었다.

친구라는 가면을 쓰고 나를 힘들게만 하는 사람이 있다면

우리 이제 그만 그 사람을 놓아주자.

부탁이 있을 때만 나에게 연락을 하는 그런 사람은

나의 진짜 친구가 아니다.

미련을 버리세요.

아쉬울 때만 찾고

필요에 의해서만 연락하고

목적이 있어야만 간간이 어울리는

그런 관계를 이어가봤자

나한테 남는 건 상처뿐이니까.

귀한 인연

가깝지만 함부로 대하지 않는 관계가 좋다.

가깝다고 해서 스스럼없이 지내고

친하다고 해서 막 대하기도 하지만

오고 가는 미묘한 기류 속

생각 없이 하는 말이나 행동은

상대의 마음을 다치게 할 수도 있다.

가깝고 친하더라도 너무 당연하게 여기지 않고

서로가 서로에게 귀한 인연임을 잊지 않는 관계가 좋다.

쿨한 사람

"나 원래 쿨하잖아."라는 말을
방패로 삼고 살아가는 사람들이 있다.

남의 시선을 신경 쓰지 않는 척
예의 없는 말과 배려 없는 행동을 일삼으면서도
자기는 그게 쿨한 거라고 착각하는 사람들.

그러다 상대가 조금이라도 불쾌해하는 기색을 보이면
"별것도 아닌 일에 과민반응이냐."며 무안을 주고
오히려 피해 받은 당사자를 예민한 사람으로 취급하며
비난하는 사람들.

진짜 쿨한 사람은 그런 식으로 행동하지 않는다.

진짜 쿨한 사람은

나와 다른 사고방식을 가진 사람 앞에서도 예의를 지킬 줄 알고

상대가 내 생각과 같지 않아도 무시하거나 비난하지 않고

'그럴 수도 있다'며 가볍게 넘기는 법을 안다.

다름을 인정하고, 타인을 존중할 줄 알고,

자신의 의사를 정확히 표현하면서도

상대가 불편하지 않게 배려하는 법을 아는 사람이다.

그래서 진짜 쿨한 사람은

"나 원래 쿨하잖아." 같은 말 따위로

자신의 잘못된 행동을 정당화시키려 하지 않는다.

남한테 피해주는 것 자체를 쿨하지 못하다고 생각하기 때문에.

끝내야 할 관계

괜히 어색한 사이가 되고 싶지 않아서
좋게 좋게 넘어가려고 하는 것을
"얘는 이래도 되는구나" 생각하고
자꾸만 선을 넘는 사람들이 있다.

좋아서 웃는 게 아니라 애써 웃으며 참는 건데
그걸 만만하게 보고 이용하려는 사람들이 있다.

내가 양보를 하면 고마워해야 할 텐데
왜 그걸 당연하게 생각하는 걸까.
한 번 참아주면 이후로는 조심해야 할 텐데
왜 자꾸 같은 행동을 반복하는 걸까.

나의 이해와 배려를 당연하게 생각하는 사람들 때문에

어릴 때는 상처도 많이 받았다.

어른이 되어서, 여러 사람들과 교류하면서,

자연스레 깨닫게 된 게 한 가지 있다.

굳이 모든 관계에 최선을 다할 필요는 없다는 것.

나를 대하는 태도가 고작 그 정도밖에 안 되는 사람에게

나 홀로 진심일 필요는 없다는 것.

너무 맞춰주지 마세요.

당신을 고작 그 정도밖에 생각하지 않는 사람에게는

당신도 그 사람을 그 정도로만 생각해 주면 돼요.

비극

'진심은 통한다'는 말을 믿었다.

비록 지금은 아니더라도 내가 온 마음을 다해 다가가면
포기하지 않고 계속 노력을 하면
언젠가는 내 진심이 통할 거라고 생각했다.

누군가의 뒷모습을 하염없이 바라보며
그 희망 하나로 살았던 적이 있었다.

온 마음이 부서져 버린 후에야 알게 됐다.
오랜 시간에 걸쳐 수천 개의 마음을 쌓아 올려도
단 한 순간에 그 모든 마음들을 무너트릴 수도 있는 게
"미안하다."는 말 한마디라는 것을.

내가 아닌 다른 곳을 바라보는 상대에게

내 진심과 노력은 아무런 힘이 없다.

또 실패

사람 마음이 좀 쉬웠으면 좋겠다.

이 사람을 좋아해야지 하면 이 사람이 좋아지고

이제는 안 좋아해야지 하면 이제는 안 좋아지고

마음이 그렇게 쉽고 간단한 거였으면 좋겠다.

그러면 누가 나를 좀 아프게 하더라도

금방 괜찮아질 수 있지 않을까.

그러면 쉽게 상처받더라도

또 쉽게 아무렇지 않아질 수 있지 않을까.

상처받고 싶지 않았다.

매달리고 싶지 않았다.

하지만 늘 실패했다.

마음은 마음대로 안 된다.

진짜 내 자리

겨울왕국 버전의 천 피스 퍼즐을 맞추던 중이었다.

엘사 얼굴에 필요한 한 조각이 보이질 않았다.

그러던 중 어지럽게 흩어진 수백 개의 조각들 사이에서

내가 찾고 있던 조각과 얼핏 모양이 비슷한 것을 발견했다.

사실 비슷하기만 할 뿐

그 조각이 맞지 않을 것이라는 걸 어렴풋이 알고는 있었다.

하지만 몇 시간째 퍼즐과 사투를 벌이느라

지쳐있었던 나는

그 조각이 맞는 조각이라고 스스로를 세뇌시키며

빈 공간에 억지로 끼워 맞추려고 했다.

물론 억지로 맞춘다고 맞을 리가 없었다.

그 조각은 엘사의 얼굴에 맞는 조각이 아니었고

아무리 맞추려고 해도

한 귀퉁이가 삐져나온 채 들어맞지 않았다.

천 피스나 되는 조각들에도

제각각 자신에게 맞는 자리가 있기 때문이었다.

그리고 그건 우리에게도 마찬가지다.

우리에게도 우리에게 맞는 자리가 있다.

빈자리가 있다고 해서

지금 내가 외롭다고 해서

억지로 끼워 맞추듯 아무 자리에나 나를 밀어 넣진 말자.

내가 아직 찾지 못했을 뿐

나에게 딱 맞는

나의 자리가 반드시 있을 테니까.

사랑이란

엄마는 파마머리가 싫다고 하면서도 주기적으로 파마를 하고

내가 사준 새 머플러를 옷장에 고이 모셔두고

외출을 해야 할 때는 오래 착용해서 색이 연하게 변해버린

낡은 머플러를 목에 두르고 나간다.

나는 이런 엄마가 이해가 되지 않는다.

나는 다이어트 중이라고 하면서 운동은 하지 않고

살찌는 걸 걱정하면서도

피자나 치킨 같은 살찌는 음식을 좋아하고

피자나 치킨을 먹을 때 제로 콜라를 마시면서

살이 좀 덜 찔 것이라는 위안을 삼곤 한다.

엄마는 이런 내가 이해가 되지 않는다고 했다.

엄마와 나는 서로의 모든 것을 이해하지는 못하지만

어렴풋이 이해하고 있고

이해되지 않는 부분을 굳이 이해하려고 애쓰지 않는다.

사랑이란 이런 게 아닐까.

그 사람의 전부를 이해하는 것이 아니라

이해되지 않는 부분까지 그 사람의 일부로 간주하고

그 사람을 있는 그대로 바라보고 인정해 주는 것.

누군가를 사랑할 때 100중 그 사람의 80을 이해했다면

나머지 20까지 이해하려는 욕심은 버리자.

누군가의 전부를 이해할 수 있다고 생각하는 것은

당신의 착각이고 자만이다.

사랑은, 이해하는 것이 아니라

그 사람을 있는 그대로 인정하는 것이다.

우리는 부족하고 모자란 것투성이다.

그러나 불안해할 필요는 없다.

누군가를 알아가고,

사랑하고, 미워하고, 그리워하고, 추억하고,

또다시 사랑하며,

우리는 미완성인 채로 비로소 완성되어 가는 것이다.

새벽 2시

세상에 어둠이 있어서 좋은 이유는

상처받은 누군가의 마음을

조용히 위로할 수 있는 시간이기 때문인 것 같다.

오늘 하루 동안 어떤 일이 있었든

지금 이 순간만큼은 당신 마음이 편안했으면 좋겠다.

잘 자요.

예쁜 꿈꾸고.

PART 03

좋은 사람이 되고 싶은 너에게

마음껏 울기

셰익스피어는 말했다.

"힘들 때 우는 건 삼류다.

힘들 때 참는 건 이류다.

힘들 때 웃는 자가 일류다."

삶이 아무리 힘들어도 포기하지 말고

꿋꿋이 살아가라는 의미이리라.

어릴 땐 진짜 멋있는 말이라고 생각했다.

그래서 그렇게 살려고 노력했다.

힘들어도 참고 괴로워도 참고 눈물이 날 것은 같은 순간에도

울지 않으려고 이를 악물고 살았다.

그러다 문득 이런 생각이 들었다.

왜 힘든 것을 참아야 하는 걸까.

왜 포기하면 안 되는 걸까.

왜 울면 안 되는 걸까.

힘들어도 참고 괴로워도 참고 계속 그렇게 참고 살면

속이 점점 병들어 가는데 왜 그렇게 살아야 하는 걸까.

힘들 때 우는 사람은 삼류가 아니라 건강한 사람이다.

포기하는 것을 두려워하지 않는 사람은

삼류가 아니라 용기 있는 사람이다.

힘들면 포기해도 된다.

여기서 그만해도 된다.

주저앉아 울어도 된다.

나에게 불행이 닥쳐왔을 때

사람들은 이렇게 나를 위로했다.

"울지 마. 괜찮아."

하지만 내가 정말 듣고 싶은 말은 그게 아니었다.

누군가는 이 말을 해주기를 바랐다.

"울어도 돼. 괜찮아."

가장 중요한 것

감기에 걸려 병원에 갔더니 의사 선생님이 물었다.

"언제부터 아팠어요?"

곰곰이 생각하다 대답했다.

"지난주 화요일부터 목이 조금씩 아팠던 거 같아요."

선생님의 시선이 잠시 책상 위의 달력을 향했다가
다시 내게로 돌아왔다.

"그런데 왜 지금 왔어요?"

사실 목이 아프기 시작했을 때부터

어렴풋이 감기가 올 거라는 걸 예상하고 있었다.

하지만 그때까지만 해도 목에 약간의 이물감만

느껴질 뿐 다른 곳은 크게 아픈 곳이 없었기 때문에

조금만 더 참아보려고 했다.

참다 보면 괜찮아질 수도 있으니까.

목이 좀 불편하던 증상이

온몸에 열이 나고 머리가 아프고 콧물이 나고

음식을 삼키지 못할 정도로 목이 붓는 증상으로

발전하기까지 일주일이라는 시간이 걸렸다.

일상생활을 할 수 없을 정도로 증상이 심각해져서야

나는 병원을 찾아갔던 것이다.

참다 보면 괜찮아질 수도 있다는 생각으로.

하지만 그런 안일한 생각으로 병을 키운 것은

얼마나 미련한 짓이었던가.

왜 지금 왔냐는 선생님의 물음에 대답을 하지 못했던 건

무책임한 행동에 대한 부끄러움 때문이었다.

참을 수 있다고 해서

일이 바쁘다고 해서

귀찮다고 해서

아픈 걸 모른 척하고 내 몸을 방치하지 말자.

당신이 오늘 저녁 식사 메뉴를 정하는 일보다

SNS에 업데이트할 사진을 선별하는 일보다

내일 입을 옷을 고르는 일보다

더 신중하고 중요하게 생각해야 할 것은

다른 무엇도 아닌

당신의 건강이라는 것을 잊지 말았으면 좋겠다.

휴식이 필요한 시기

공부를 열심히 하고 있는 아이에게 엄마가 다가가

"더 열심히 공부해라"고 했다.

그 말을 들은 아이는 더 이상 공부가 하기 싫어졌다고 한다.

아이는 왜 공부가 하기 싫어졌을까?

계속 더 열심히 하라고만 했기 때문이다.

인생길을 가다 보면 하기 싫지만 꼭 해야만 하는 일이 있다.

그 일을 하기 위해 참고 버티는 것은 중요하다.

하지만 하기 싫은 일을 계속하다 보면

언젠가는 지치기 마련이다.

내가 나약해서가 아니라 인간이니 그럴 수밖에 없다.

그리고 그럴 때는 잠시 쉬어줘야 한다.

걷고 싶지 않으면 잠시 멈추고

주저앉고 싶은 순간이 오면 주저앉아 쉬도록 하자.

초조해하거나 조급해하지 않아도 된다.

잠시 멈춘다고 해서 패배자가 되는 것도 아니고

잠시 주저앉는다고 해서 인생의 낙오자가 되는 것도 아니다.

휴식이 필요한 순간에 주저앉아 쉴 수 있을 때

비로소 우리에게는

한 발 더 앞서 걸어갈 수 있는 힘이 생긴다.

꿈 많은 소녀

방송 학원에서 드라마 공부를 할 때의 일이다.

수업을 하던 중 선생님이 같은 반 언니를 칭찬한 적이 있었다.

열심히 하는 모습이 기특하다고 언니의 어깨를 두드리시며

나머지 학생들에게는 언니를 본받으라고 하셨다.

그 말을 듣는데 기분이 좀 묘했다.

선생님은 왜 언니만 좋아하실까.

질투에 눈이 멀어 살짝 언짢은 생각도 했다.

하지만 사실은 알고 있었다.

언니가 누구보다 열심히 수업에 참여했다는 것을.

같은 반 친구들과 놀러 다니기 바빴던 나와는 달리

언니는 수업이 있는 날에는 가장 먼저 와서

교실에서 수업 관련 교재를 보고 있었고

수업이 끝난 후에는 가장 마지막까지 남아 공부를 하곤 했다.

한 학기 동안 최소 한 작품씩을 의무적으로 제출하라던

선생님의 말에 따라 반 학생들 대부분이

한 작품씩만 제출을 했으나 언니는 대본을 세 편이나 써서

제출하는 열의를 보였다.

그런 언니가 선생님의 칭찬을 받는 것은 당연했다.

세월이 흘러 이제는 언니의 얼굴도 가물가물해져가지만

그럼에도 잊히지 않고 또렷이 기억나는 것들이 있다.

그때 언니가 보여준 열정과 끈기, 집념 같은 것들.

그리고 그런 것들을 떠올릴 때마다

지금의 내 모습이 너무 부끄러워지곤 한다.

한때 나도 꿈 많은 소녀였는데.

하고 싶은 것도 많고 이루고 싶은 것도 많았는데.

내가 원하는 모든 것을 할 수 있을 거라 기대하며

미래를 그려보곤 했는데.

꿈을 향해 달려가는 길이 힘들고 고단했지만

그래도 행복했는데.

선명한 꿈이 있었고

꿈을 이루기 위해 무엇이든 하겠다는 열정이 있었고

나 자신에 대한 믿음이 있었는데.

하지만 나이가 들면서

그런 것들이 점점 사라져가는 걸 느낀다.

꿈도, 열정도, 나 자신에 대한 믿음마저도.

그래서 나는 지금부터라도 조금씩 붙잡아보려고 한다.

다시 시작하는 마음으로

새로운 꿈에 도전해 보기도 하고

꿈을 이루기 위해 목표를 세워 보기도 하면서

긍정적인 미래를 그리며

숨이 차도록 앞을 향해 달려가 보려 한다.

사람들은 종종 말한다.

그때 그 시절로 돌아가고 싶다고

어쩌면 그건 그때 그 시절로 돌아가고 싶은 것이 아닌

그때 그 마음을 되찾고 싶어서 하는 말이 아닐까.

혹시 지금 이 순간에도

과거의 어느 한순간을 그리워하고 있는 사람이 있다면

이 사실을 잊지 말았으면 좋겠다.

지금 이 순간이 먼 미래에는 그때 그 시절이 될 수도 있음을.

지금 이 순간 최선을 다하자.

돌아오지 않는 과거를 붙잡으려고 하지 말고.

가만히 방 안에 앉아 신세한탄만 하지 말고.

그때 그 마음을 되찾고 싶다면

지금 이 순간 시작해야 한다.

당신은 더 잘할 수 있다.

콤플렉스에 대해

집 근처에 자주 가는 편의점이 있는데

거기 알바생은 유난히 목소리가 작았다.

정말 집중해서 잘 듣지 않으면

무슨 말을 하는지 도통 알아들을 수 없을 정도의 목소리였다.

조금 답답하긴 했지만 처음에는 단순히 부끄럼을 많이 타는

알바생인가 보다고 생각했다.

그런 그녀에게 목소리 콤플렉스가 있다는 건

나중에 그녀와 좀 더 친해지고 난 후에야 알게 됐다.

귀여운 외모와 달리 목소리가 낮고 허스키한 그녀는

어릴 때부터 목소리가 콤플렉스였다고 한다.

그래서 손님에게 인사를 할 때도, 카운터에서 계산을 할 때도,

목소리에 자신이 없어 더더욱 목소리가 작아질 수밖에 없었다고.

그런가? 듣고 보니 목소리가 좀 허스키한 것 같기도 했다.

솔직히 그녀가 말하기 전까지는 목소리에 별로 관심이 없었다.

우리는 남들이 나에 대해 어떻게 생각하는지

늘 고민하고 걱정하면서 혼자 상상의 나래를 펼치지만

정작 남들은 그렇게까지

진지하게 타인에 대해 신경 쓰지 않는다.

누구에게나 콤플렉스가 있다.

하지만 콤플렉스는 말 그대로 본인만의 콤플렉스일 뿐

대부분의 사람들은 타인의 콤플렉스에 대해

잘 모르고 넘어가거나 알아도 특별히 신경을 쓰지 않는다.

필요한 물건을 구매하기 위해 가볍게 편의점을 방문한 손님이

알바생의 목소리가 허스키하다고 의아하게 생각할 확률이

과연 얼마나 될까.

콤플렉스를 숨기고 싶은 마음도 이해는 하지만

그로 인해 지나치게 남을 의식하고 신경 쓸 필요는 없다.

알바생은 허스키한 목소리를 자신의 콤플렉스라고 했지만

오히려 나는 그녀의 독특한 목소리를 매력적이라 생각했다.

다른 사람들과 조금 다르다고 해서

의기소침해지지 말자.

당신은 당신만의 특별한 매력을 가지고 있는 것일 뿐이다.

가장 우선시 되어야 할 질문

"귀 뒤에 점이 있네요."

미용실에 갔다가 귀 뒤에 원래는 없던 점이 생긴 걸 알게 됐다.

이게 언제 생겼지.
나도 모르는 사이 생긴 귀 뒤의 점을 보며 의아해하다가
문득 한 가지 의문이 생겼다.

나는 나에 대해서 얼마나 알고 있을까?

당연히 다 안다고 생각하지만
사실은 그게 아닐 수도 있겠다는 생각이 들었다.

내가 무엇을 잘 하는지.

내가 무엇을 좋아하는지.

나는 어떤 것을 할 때 가장 행복한지.

그래서 나는 어떤 삶을 살고 싶은 것인지.

다 안다고 생각하지만

사실은 모르는 게 더 많을 수도 있고

세월이 흐르면서 원래의 생각들이 바뀔 수도 있고

모르는 게 다시 생겨날 수도 있다.

지금 보다 더 좋은 삶을 살고 싶고

지금 보다 더 좋은 내가 되고 싶다면

나 자신에게 매일매일 관심을 가지고 질문을 던져봐야 한다.

인생을 살면서 우리가 풀어야 할 수많은 과제 중

사랑이나 우정보다 더 우선시되어야 할 것은

바로 나 자신에 대한 질문이고

친구나 애인보다 더 관심을 가지고

사랑해야 할 존재 또한

나 자신이라는 것을 잊지 말아야 한다.

어쩔 수 없는 것

친구와 함께 길을 가던 중이었다.

옆 골목에서 갑자기 불쑥 달려 나온 누군가가

친구를 치고 지나가는 바람에

그 반동으로 친구가 핸드폰을 떨어트렸다.

핸드폰에 문제가 생긴 건 아니었지만

바닥에 떨어지면서 핸드폰 액정에 금이 한 줄 생겼다.

내 핸드폰이 아닌데도 너무 화가 났다.

하지만 정작 당사자인 친구는

액정을 손으로 슥 한 번 문지르기만 하고는

다시 주머니에 집어넣고 아무렇지 않게 걸음을 옮겼다.

"괜찮아?"

걱정이 돼서 조심스럽게 묻자 친구는 덤덤하게 말했다.

"응, 어쩔 수 없잖아. 내 잘못도 있고."

상대와 부딪혔던 건 친구의 과실이 아니었음에도
친구는 상대를 탓하지 않았다.

생각해 보면 친구는 늘 그랬던 것 같다.

학창 시절 자신의 교복에

누가 떡볶이 국물을 쏟았을 때도

좋아하는 연예인의 브로마이드를

실수로 누가 찢어버렸을 때도

붐비는 버스에서 발을 헛디딘 누군가가

친구의 발을 밟아버렸을 때도

친구는 화를 내지 않았다.

"어쩔 수 없지 뭐."라고 하고는 뒤돌아서

교복에 묻은 새빨간 국물을 묵묵히 닦았고

찢어진 브로마이드를 테이프로 이어 붙였으며

멍든 발등을 한 번 문지르고는 자리를 옮길 뿐이었다.

언젠가 친구에게 물었던 적이 있다.

"그래도 속상하지 않아?"

그러자 친구는 이렇게 답했다.

"속상하지. 그런데 상대도 고의는 아니었잖아?"

맞다. 고의는 아니었다.
모두 실수로 일어난 어쩔 수 없는 일이었을 뿐이다.

속상할 텐데도 상대의 마음을 먼저 생각하며
의연하게 상황을 대처하는 친구가 새삼 멋져 보였다.

그래서 나는 이제부터 그 따뜻한 마음을 배워보려고 한다.

어쩔 수 없는 것은 어쩔 수 없는 것으로

남겨두는 법을 연습해 보려고 한다.

어쩔 수 없이 일어난 일에 상대를 너무 미워하지 말자.

미워하고 원망한다고 해서

더러워진 교복이, 찢어진 브로마이드가,

멍든 발이, 부서진 핸드폰이,

다시 원래의 상태로 돌아오진 않는다.

누군가의 실수를 따뜻하게 안아줄 수 있는 사람이 되자.

어른

아빠는 감기를 심하게 앓으면서도 회사에 갔다.

어른이 되면 감기에 걸려도 금방 괜찮아지고

몸이 좀 아픈 것쯤 쉽게 이겨낼 수 있는 줄 알았다.

그런데 아니었다.

아파도 아픈 티를 내지 못하고 그냥 견디는 거였다.

아프지 않을 때까지.

상처에 무뎌지는 사람은 없다.

어른이 되어도 똑같이 아프다.

과부하

하루가 너무 힘들고 고단하다.

해야 할 일이 산더미처럼 쌓여 있는데
손 하나 까딱하기 싫을 정도로 너무 무기력하고
아무 일도 일어나지 않았는데
마치 무슨 일이 일어난 것처럼
마음 한구석이 심란하고 울적하고

누군가 내 마음을 좀 알아주면 좋겠다 싶으면서도
누군가 진짜 내 마음 깊은 곳까지 들여다보려고 하면
그건 또 좀 부담스럽고
아무도 없는 곳에서 혼자만의 시간을 보내고 싶으면서도
막상 혼자 남겨지면 그건 또 너무 외로울 것 같고

내가 뭘 하고 싶고 뭘 원하는지 나도 나를 잘 모르겠다.

요즘은 누군가 내게 괜찮냐고 물으면

그냥 습관처럼 '괜찮다'는 말만 하고 지낸다.

'안 괜찮다'고 하는 순간 그 이후의 관심과 질문들이

나를 더 힘들게 할 것을 알기에.

실은 괜찮지 않은데.

하나도 안 괜찮은데.

그냥 좀 울고 싶다.

해야 할 일이 많아서.

마음먹은 대로 잘 안돼서.

몸도 마음도 지쳐버려서.

오늘 하루가 너무 길어서.

예민한 사람

학원에서 수업을 듣는데 교실 뒤편에서

자꾸만 핸드폰 진동음이 울렸다.

한번 의식하기 시작하자 도무지 수업에 집중이 되질 않았다.

소리가 나는 쪽을 봤더니 한 친구가 수업 중에

누군가와 신나게 카톡을 주고받고 있었다.

결국 엉망인 상태로 수업은 끝이 났고

나는 조심스럽게 그 친구에게 다가가

수업 중에는 핸드폰을 무음으로 해달라고 부탁했다.

그러자 그 친구는 선생님도 뭐라고 안 하고

다른 사람들도 다 가만히 있는데

너만 왜 그렇게 예민하게 구냐며 도리어 내게 화를 냈다.

예민하다고? 내가?

예상치 못한 공격에 당황해서 말문이 막힌 순간

같은 반 아이들이 하나둘 다가와 내 편을 들어 주었다.

다들 참고 있었던 것일 뿐

같은 불편함을 느끼고 있었던 것이다.

모두가 그렇게 나오자 할 말이 없어진 그 친구는

씩씩거리며 학원을 나갔고 상황은 그렇게 일단락되었다.

하지만 내 머릿속에는 그 친구가 했던 말이 계속해서 맴돌았다.

예민하다고? 내가?

집으로 돌아오는 내내 그 친구의 말을 곱씹어 보았다.

그리고 이런 결론에 다다랐다.

근데 좀 예민하면 뭐.

남에게 피해를 줘놓고도 아무런 죄의식을

느끼지 못하는 사람이 잘못한 거 아닌가.

그 일로 약간의 트러블이 있었고

그 친구와는 사이가 좀 어색해졌다.

몇 개월 동안 같은 반에서 수업을 들을 텐데

이렇게 서먹해져도 되는 걸까.

관계가 틀어진다는 생각에 그때는 겁이 났는데

걱정했던 것과 달리 이후 별다른 일은 일어나지 않았다.

그리고 더 이상 수업 시간에 진동음이 울리는 일은 없었다.

우리 사회에서는 예민하다는 말을

부정적인 시각으로 보는 사람들이 많다.

그래서 예민하다는 말을 들은 사람은

"내가 정말 너무 한 건가?"

"나만 이상한 건가?" 생각하며 자기 자신을 검열하게 된다.

하지만 전혀 그럴 필요가 없다.

예민한 사람은 자기 자신을 둘러싼 주변에 관심이 많고

다른 사람들이 알아채지 못하는 작은 변화를

누구보다 먼저 캐치해서 그에 맞게 대응하는 사람이다.

매사 무덤덤한 사람이 있듯

예민하다는 것 또한 하나의 성향일 뿐이다.

그러니 예민하다는 말을 너무 안 좋게만 생각하지는 말자.

당신은 잘못하지 않았다.

엉망진창

빨갛게 잘 익은 사과를 반으로 갈랐더니
속이 새카맣게 썩어 있었다.
냉장고에서 다른 사과를 꺼내야겠다는 생각도 못한 채
한참을 물끄러미 바라만 보고 있었다.

내 속을 반으로 가르면 이런 모양이지 않을까.

힘들어도 안 힘든 척 아파도 안 아픈 척
그렇게 계속 참고 살다 보니 겉은 멀쩡해 보이는데
속은 엉망진창으로 망가지고 있는 것 같은 요즘.

당신은 참 강한 사람이다.

힘들고 괴로운 순간에도 주변 사람들을 생각해

내색하지 않고 아무렇지 않은 척 웃고 있으니.

하지만 나는 알아.

당신이 참 여린 사람이라는 것을.

뒤돌아서 혼자 울고 있다는 것 또한.

그 겨울

책상 서랍에서 어릴 때 산타할아버지에게 쓴 편지를 발견했다.

일 년 동안 엄마 아빠 말 잘 듣고 착한 일을 많이 했으니

이번 크리스마스에는

초콜릿과자를 선물로 달라는 내용이었다.

그런 때가 있었다.

크리스마스를 기다리고

설레는 마음으로 산타할아버지에게 편지를 쓰고

초콜릿 과자 한 통에 온 세상을 가진 것처럼

행복했던 그런 시절이 나에게도 있었다.

가끔 그때의 내가 그립다.

지금의 나는 초콜릿 과자 하나로는 만족할 수 없는

욕심 많은 어른이 되어버린 것 같아서.

인형 뽑기

영화관에서 대기를 하고 있던 중

친구가 인형 뽑기를 해보자고 했다.

몇 초간 생각을 하다가 나는 고개를 저었다.

어차피 뽑지도 못할 거고

돈만 낭비할 거라고 생각했기 때문이다.

며칠이 지나서 그 친구와 또 영화를 보러 갔는데

친구가 또 인형 뽑기를 하자고 했다.

지난번에 거절했던 게 떠올라서 마지못해 승낙을 했지만

나는 구경만 할 생각이었다.

친구가 어떤 인형이 귀엽냐고 물어도 대답하지 않았다.

어차피 못 뽑을 텐데 그런 걸 물어서 뭘 해.

인형 하나를 뽑는데 3만원을 썼다는 둥

두 시간 동안 하나를 못 뽑았다는 둥

인형을 뽑으려고 했는데 이상한 열쇠고리만 뽑혔다는 둥

주변에서 인형 뽑기와 관련된 실패 사례를 하도 많이 들어서

인형 뽑기 = 그냥 돈 낭비, 시간 낭비라고 생각했다.

그런데 웬걸.

친구는 단 한 번의 시도로 목표했던 귀여운 인형을 뽑았다.

본인도 한 번에 뽑을 거라고는 생각하지 못했는지

기뻐하면서도 약간 얼떨떨해했다.

그러다 이내 정신을 차리고는 의기양양하게 말했다.

"내 실력 봤지?"

실력이 아니라 운이라고 생각했지만 고개를 끄덕여 주었다.

실력이든 운이든 친구는 인형을 뽑았고

내 예상은 완전히 빗나갔으니까.

안 될 거라고 생각했는데.

해보지도 않고

나는 안 될 거라고 단정 짓고 있었는데 말이다.

당연하지 않은 것

자격증 공부를 하기 위해

평일 저녁 일곱 시에 시작하는 학원 수업을 등록했다.

회사 퇴근 시간이 다섯 시여서 두 시간 정도면

학원까지 여유 있게 갈 수 있다고 생각했기 때문이다.

학원에서 만난 외국인 친구에게 이 이야기를 했더니

회사와 학원이 그리 먼 것도 아닌데

두 시간이나 텀을 둬야 할 필요가 있냐며 의아해했다.

한국에 온 지 얼마 안 된 친구라

의아할 수도 있겠다는 생각에 나는 차근차근 설명했다.

회사에서 일이 많으면 퇴근이 늦어질 수도 있고

그게 아니더라도 퇴근 시간에 딱 맞춰

회사를 나가는 건 사장님 눈치가 좀 보인다고.

그러자 친구는 더더욱 이해를 못 하겠다며

일이 많으면 다음 날 해야지 왜 늦게까지 남아 일을 하느냐고

퇴근 시간에 맞춰 퇴근을 하는 건 당연한 거 아니냐고 했다.

순간 머리가 멍했다.

당연한 걸 당연하다고 말할 수 없었다.

말문이 막혀버린 것과 동시에 얼굴에 살짝 열이 올랐다.

친구의 순진무구한 물음이 나를 부끄럽게 만들었다.

내가 사는 세상에서는 당연하지 않은 일들이

일상처럼 흘러가고 무기력한 나는 아무 저항 없이

그 속에서 적응하며 살아간다.

모두가 그렇게 살아가니까.

그리고 그게 가장 안전하게 살아남는 방법이니까.

하지만 한 번쯤은 궁금해해야 했던 게 아닐까.

내가 사는 세상에 대해.

당연하지 않은 것들에 대해.

당연하지 않은 일들이 판을 치는 세상.

그곳에서 살아가는 우리들에게 필요한 건

적응이 아니라 최소한의 저항이 아니었을까.

그리고 그 저항은 '왜'라는 질문에서부터 시작된다.

오늘날 우리의 삶이 여유가 없고 힘겨운 건

어쩌면 '왜 그렇게 되었는지'에 대해

아무도 궁금해하지 않았기 때문은 아닐까.

힘들면 말해요

친구와 함께 찜질방에 갔다.

고온 방에서 땀을 뻘뻘 흘리며 몸을 지지다가

밖에 나와 찬물을 벌컥벌컥 들이켰다.

그러자 친구가 의아한 표정으로 방이 뜨거웠냐고 물었다.

고온에 있었는데 뜨겁지.

당연한 걸 왜 묻느냐고 하자

뜨겁다고 말을 안 해서 괜찮은 줄 알았단다.

그때는 친구의 말을 황당하다고만 생각했는데

돌이켜보면 그렇게 생각할 수도 있겠다는 생각이 들었다.

사람은 말을 하지 않으면 모른다.

얼굴이 새빨갛게 익은 나를 보면서도
내가 뜨겁다고 말하지 않았기 때문에
괜찮은가 보다 생각했던 친구처럼.

가까운 사이라고 해서
몇 계절을 함께 한 사이라고 해서
어느 날 갑자기 상대가 내 마음을
읽을 수 있게 되는 건 아니다.

가족이든, 연인이든, 친구든,
그게 어떤 관계이건 마찬가지다.

그러니까 힘들면 힘들다고

안 괜찮으면 안 괜찮다고 말을 해야 한다.

말하지 않아도 그 사람이 내 마음을 알아주길 바라는 거.

그건, 내 욕심이다.

후유증

좋으면 좋은 거고 서운하면 서운한 건데

어느 순간부터 자꾸만 계산을 하게 된다.

내가 이런 말을 했을 때 상대가 나를 어떻게 생각할지.

내가 이런 행동을 했을 때 상대가 나를 어떻게 대할지.

그런 걸 계속 생각하다 보니

좋은데 아닌 척, 서운한데 아닌 척,

마음을 자꾸 숨기게 된다.

계속 좋은 관계로 남고 싶어서.

계속 좋은 사람이고 싶어서.

솔직히 잘 모르겠다.

누군가를 좋아하는 마음은 어디서부터 어디까지

표현해야 상대가 부담을 느끼지 않는지.

누군가에게 서운한 마음은 언제 어떻게

표현해야 상대가 내 마음을 알아주는지.

감정을 언제 어느 때 드러내야 하는지.

어디서부터 얼마나 드러내야 적당한 건지.

계산 없이 살고 싶다.

좋으면 좋은 대로, 서운하면 서운한 대로,

아무 계산 없이 감정이 향하는 대로 살고 싶다.

편해지는 방법

나만 놓으면 끝나는 관계를

미련하게 붙잡고 있었던 때가 있었다.

상대가 나와 같은 마음이 아니라는 걸 알면서도

계속 휘둘리기만 하다가 결국엔 흐지부지

끝나버린 관계였다.

이후 내게 남은 것은 비참함과 괴로움뿐이었다.

나만 놓으면 끝날 관계는 빨리 놓아버려야

내가 앞을 보며 살아갈 수 있다.

좀 아프고 힘들더라도 냉정하게 끊어내야 한다.

그 사람이 아무리 좋아도

세상에서 제일 소중하게 아껴주고 사랑해 줘야 할 대상은

다른 누구도 아닌 나 자신이다.

놓아주어야 하는 것에 미련을 두지 말고

버려야 하는 것들은 과감히 버릴 줄도 알아야 한다.

절대 내 것이 될 수 없는 것에 대해서는

애써 매달리지 말고 체념할 줄 알아야 한다.

그래야 내가 편해질 수 있다.

세상에서 제일 무서운 것

사람 마음이 참 무섭다.

아무리 친해도 사소한 말 한마디에

틀어져 버릴 수도 있고

아무리 잘해도 사소한 행동 하나에

실망하게 될 수도 있고

아무리 좋아도 사소한 실수 한 번에

멀어져 버릴 수도 있다.

그 모든 이유들이 아니더라도

아무 이유 없이, 아무 문제 없이,

어제는 좋았던 사람이 오늘 갑자기 싫어지기도 한다.

사람 마음이 이렇게 무섭다.

나의 속도

나와 비슷한 시기에 회사를 그만두고
브런치 카페를 차린 동기가 있다.
얼마 전 한 유튜브 채널에 그녀의 카페가 소개되면서
요즘은 눈코 뜰 새 없이 바쁜 나날을 보내고 있다고 했다.

그녀의 소식을 전해 듣고 나는 약간의 충격을 받았다.
그도 그럴 게 그때까지도 나는 새로운 직장을 구하지 못한 채
카페에서 알바를 하고 있던 상태였기 때문이다.

비슷하게 회사를 그만뒀는데
그녀는 브런치 카페 사장이 되고
나는 카페 알바를 전전하는 신세라니.

그녀는 이런 나를 어떻게 생각할까.

다른 동기들은 우리 두 사람을 보고 뭐라고 수군거릴까.

열등감에 사로잡힌 채 별의별 생각을 다 하다가

어느 순간 정신이 번쩍 들었다.

내가 알바를 하고 있는 게 뭐가 어때서.

그녀는 예전부터 브런치 카페를 차리는 게 꿈이었지만

내 꿈은 그게 아닌데.

내가 왜 그녀를 부러워하고 있는 거지?

왜 그녀와 나를 비교하며 자괴감에 빠져 있는 거지?

그제야 나는 알게 됐다.

나의 불행은 그녀로 인한 게 아니라

나 스스로가 자초한 것이었다는 걸.

다른 사람과 자신을 비교하는 순간부터

인생은 혼란스럽고 불행해진다.

다른 사람이 어떤 삶을 살든

다른 사람이 나를 어떻게 생각하든

너무 신경을 곤두세우지 말자.

그들이 어떤 삶을 살고 나를 어떻게 생각하든

나는 나의 속도에 맞는 삶을 살아가면 된다.

기죽을 필요도 없고 심각해질 이유도 없다.

나를 믿고 당당하게 내 인생을 살아가자.

눈부시게 빛나는 미래가 나를 기다리고 있을 테니까.

각자의 길

길을 가다가 눈앞에 돌이 보이면

그 돌을 밟고 가는 사람도 있고

빙 돌아서 가는 사람도 있고

돌을 다른 곳으로 치우고 가는 사람도 있다.

정답은 없다.

각자 살아가는 방식이 다를 뿐이다.

그러니까, 무조건 나만 옳다고 생각하지 말자.

나도 옳고, 당신도 옳고, 우리 모두가 옳을 수도 있다.

최고의 약

어릴 적 놀이터에서 놀다 넘어져 무릎이 살짝 까졌을 때
괜찮다는 나를 붙잡고 굳이 빨간약을 발라주며
엄마가 그랬다.

제때 치료를 하지 않으면 흉터가 남을 거라고.
지금은 괜찮은 거 같지만
흉터가 남으면 볼 때마다 속상할 거라고.

제때 치료하지 못한 상처는 언젠가는 흉이 지기 마련이다.
세월이 흘러 흐릿해지긴 해도 완전히 사라지지는 않는다.

그리고 그건 우리 마음의 상처도 마찬가지다.

마음에 상처를 받았을 때

제대로 치료하지 못하면 그 상처는 흉터가 되어

나를 영영 아프게 할지도 모른다.

지금 혹시 큰 상처를 받았다면

그래서 마음을 문을 닫아버린 채

어딘가에서 홀로 울고 있다면

나는 당신이 천천히 그 문을 열고 나오기를 바란다.

누군가 당신의 상처를 치료해 줄 수 있도록.

아픈 당신을 위로해 줄 수 있도록.

"힘들 땐, 기대도 돼요."

죽기 전에 꼭 해야 할 일

"만약, 내일 죽는다면 너는 오늘 뭘 할 거야?"

질문을 받고 곰곰이 생각했다.

내가 죽는다니.

실감은 나지 않았지만 답은 쉽게 떠올랐다.

만약 오늘이 내 인생의 마지막 날이라면

오늘만큼은 내가 정말 하고 싶은 일을 하고 싶다.

누군가에게 사랑한다는 말을 하고 싶다.

내가 괜찮은 사람이라는 증거

1. 나와 나를 둘러싼 세상에 관심이 많다.

2. 타인에게 친절하다.

3. 주변에 좋은 친구들이 있다.

4. 누군가를 위로할 줄 안다.

5. 누군가를 용서할 줄 안다.

6. 가끔 후회한다.

7. 가끔 상처받는다.

8. 그래도 꿋꿋이 살아간다.

9. 누군가를 사랑한다.

10. 그보다 더 나 자신을 사랑한다.

이 말을 꼭 기억하세요.

당신은 좋은 사람이에요.

지금도 여전히.

네가 좋은 사람이라는 걸 알아

제 1판 1쇄 인쇄 : 2024년 12월 10일
제 1판 1쇄 발행 : 2024년 12월 17일

저 자 : 김토끼
편 집 : 김민진
디자인 : 이혜민
마케팅 : 연훈, 정남주
펴낸곳 : 로즈북스
출판사등록 : 2022년 7월 14일 제2022-000022호
주 소 : 부산광역시 해운대구 해운대해변로357번길 5-1 상가동 205호
전 화 : 070-8064-1135
팩 스 : 070-7966-0793
이메일 : rosebooks7@nate.com
ISBN : 979-11-979663-0-9 (03810)